De la même Autrice :

Romans grands caractères en **Police 18** :

- **Le Mas des Oliviers,** *BoD,* 2022
- **Le cadeau d'Anniversaire,** *BoD,* 2022
- **Autour d'un feu de cheminée,** *BoD,* 2022
- **En cherchant ma route,** *BoD,* 2022
- **Le hameau des fougères,** *BoD,* 2022
- **La fugue d'Émilie,** *BoD,* 2022
- **Un brin de muguet,** *BoD,* 2022
- **Le temps des cerises,** *BoD,* 2022
- **Une Plume de Colombe,** *BoD,* 2022
- **La dame au chat,** *BoD,* 2022
- **Un secret,** *BoD,* 2022
- **La conférencière,** *BoD,* 2022
- **L'étudiant,** *BoD,* 2022
- **Un week-end en chambre d'hôtes,** *BoD,* 2022
- **L'héritière,** *BoD,* 2022
- **On a changé de patron,** *BoD,* 2022
- **Un automne décisif,** *BoD,* 2022
- **Disparition volontaire,** *BoD,* 2022

***

Romans grands caractères en **Police 14** :

- **BERTILLE L'Amour n'a pas d'âge,** *BoD,* 2021
- **BERTILLE Les Candélabres en Porphyre,** *BoD,* 2020
- **BERTILLE, Les lilas ont fleuri,** roman, *BoD,* 2019
(d'autres parutions à venir... voir le site de l'autrice)

Romans et livres **Police 12** :

- **La Douceur de vivre en Roannais,** roman, *BoD, 2018*
- **Une plume de Colombe,** nouvelles, *BoD, 2017*
- **New York, en souvenir d'Émile**, roman, *BoD, 2017*
- **Croisière sur le Queen Mary II**, roman *BoD, 2016*
- **La Villa aux Oiseaux,** roman, *BoD, 2015*
- **La Retraite Spirituelle**, roman, *BoD, 2015*
- **Recueil de (Bonnes) Nouvelles**, *BoD, 2014*

***

Aventures Jeunesse (9-14 ans) :

- **Farid, la Trilogie,** *BoD, 2014*
- **Farid et le mystère des falaises de Cassis**, *BoD, 2009*
- **Farid au Canada,** *BoD, 2009*
- **Farid et les secrets de l'Auvergne**, *BoD, 2009*

***

Thriller religieux :
- **In manus tuas Domine...**, *BoD, 2009*

Site de l'auteure : **www.isabelledesbenoit.fr**

© Isabelle Desbenoit, 2022
Édition : BoD – Books on Demand, info@bod.fr
Impression : BoD – Books on Demand, In de Tarpen 42, Norderstedt (Allemagne)
Impression à la demande
ISBN : 978-2-3224-3706-1
Dépôt légal : mai 2022
Tous droits réservés pour tous pays

LA CONFÉRENCIÈRE

Isabelle Desbenoit

J'ai bientôt soixante-dix ans mais je ne me résous pas à quitter mon activité de conférencière. Ce qui me plaît le plus c'est de pouvoir ainsi visiter la France tout en étant, je l'espère, utile à mon prochain. J'ai commencé à donner des conférences dans des cercles culturels, des associations de retraités vers l'âge de cinquante ans. Au demeurant, je ne suis pas professionnelle mais simplement quelqu'un qui essaie de partager et de transmettre. J'ai été veuve très jeune et j'ai dû élever notre fils unique seule, Charles ayant été emporté par une crise cardiaque à trente-neuf ans. J'ai fait face comme j'ai pu en ayant la chance d'avoir bien de quoi vivre puisque mon mari nous laissait la fortune héritée de ses parents. Quand mon cher petit Stanislas a eu fini son lycée et est parti étudier à Paris, je me suis retrouvée bien esseulée. Nous habitions une confortable maison à Rennes, en plein centre-ville.

Laisser partir mon fils était, bien sûr, une nécessité mais, si je ne voulais pas sombrer dans la déprime, je devais trouver une petite activité qui m'occuperait suffisamment l'esprit. J'ai cherché comment faire. Certes, j'avais quelques activités associatives à Rennes mais je souhaitais faire quelque chose de personnel et qui me correspondrait pleinement. Un jour, j'ai suivi une conférence et cela a été le déclic. Je me suis dit que je pourrais proposer des petites causeries bénévolement et sans prétention sur des sujets que j'approfondirais par moi-même selon mes intérêts. Ainsi, je me suis attelée à « *une histoire des travaux d'aiguilles en France au vingtième siècle* ». Moi qui ai toujours tricoté et qui me débrouille très bien au crochet, j'avais envie d'explorer ce sujet et je me disais qu'il intéresserait peut-être d'autres personnes. En effet, beaucoup de femmes retraitées ont habillé leur famille à petits prix en fabriquant elles-mêmes pulls, brassières, bonnets et autres cache-nez, que ce soit aux points mousse, jersey ou jacquard pour les plus expertes. Il est vrai que ces dernières années le tricotage revient à la mode après avoir été voué aux gémonies. On lui trouve toutes les vertus : créatif, apaisant, relaxant... Bref, ce fut mon premier sujet. Au début, j'avais un appareil pour projeter des diapositives puis, la technique évoluant, je me suis équipée d'un ordinateur portable et d'un vidéoprojecteur. Mon fils m'a appris les bases et m'a fait mes supports, il suffit que je clique et les photos défilent...

Depuis vingt ans, j'ai élargi le champ de mes interventions puisque j'en donne une dizaine, de « *la vie rurale en Berry en 1900* » à « *la vie traditionnelle des Inuits* » ! Lorsque je trouve un sujet intéressant, je le travaille à l'aide de livres et de recherches sur Internet pour pouvoir le présenter en une heure. Tous les deux ans environ, je sors ainsi un nouveau sujet, ce qui me permet de tourner en France deux fois par mois. Je n'ai jamais plus de trente à quarante auditeurs car je ne me vois pas faire de grandes conférences n'étant pas une spécialiste reconnue des questions que je traite. Je suis simplement quelqu'un qui apporte une information générale sur un sujet donné. Je prends le train pour me rendre sur les lieux de mes conférences et je descends dans des hôtels de moyenne gamme où je suis sûre de trouver une bonne literie.

Cette activité me comble et m'occupe beaucoup donc mais j'ai, depuis trois mois environ, une interrogation qui devient lancinante... Un homme tiré à quatre épingles, d'une soixantaine d'années, assiste à toutes mes conférences où que je sois en France. Il ne m'a jamais abordée mais j'ai fini par le repérer et puis je l'avoue, son visage est plaisant et il se tient toujours très droit, c'est un bel homme. Mon fils a ri en me disant que cela devait être un fan, un admirateur qui était tombé amoureux de moi. C'est peut-être le cas mais alors pourquoi n'a-t-il pas tenté de me parler, de m'aborder depuis tout ce temps ? « Ou bien ce sont les renseignements généraux », m'a dit Stanislas en riant de plus belle.

Visiblement cette présence insistante ne l'inquiète nullement. Pour moi, cela commence à devenir étrange.

Cet homme a un profil régulier, des traits bien dessinés et une chevelure encore abondante qu'il porte à l'ancienne, coiffée en arrière. Il est vêtu invariablement un manteau vert foncé style Loden qu'il ne retire pas mais qui laisse entrevoir un costume élégant et une cravate impeccablement nouée. Il ne prend jamais de notes ni ne me fixe spécialement, mais il est là, toujours... Cela me trouble... Les associations qui m'accueillent m'ont dit qu'il arrivait toujours à l'avance et demandait très poliment, bien qu'il ne soit pas membre de l'association, s'il pouvait assister à la conférence.

Il fait à chaque fois un don, qui semble assez conséquent à l'association, toujours en liquide. Personne ne lui a donc jamais refusé d'assister à mes conférences dans ces conditions. À ma dernière sortie, je l'ai même vu au bar de mon hôtel alors que j'arrivais en fin de soirée.

Qui est cet homme, pourquoi me suit-il ainsi obstinément ? Il faut absolument que j'en sache plus sous peine de perdre la joie que cette activité m'apporte. Le mois prochain, je me déplace à Clermont-Ferrand dans le Puy-de-Dôme, j'ai décidé d'emmener ma meilleure amie Jacqueline et de passer à l'action. Nous aborderons cet auditeur singulier et nous lui demanderons pourquoi il assiste ainsi à toutes mes conférences. Jacqueline a accepté de grand cœur de venir avec moi alors qu'elle n'aime pas trop voyager. Nous nous connaissons depuis quarante ans et il n'est pas question qu'elle me laisse tomber. J'avoue que je suis rassurée, je ne souhaite pas aborder ce monsieur seule et Jacqueline qui a beaucoup de repartie, saura bien intervenir à bon escient, j'ai toute confiance en elle. Elle s'arrangera pour se placer à côté de lui et pour entamer une conversation afin de savoir ce qu'il en est. Par conséquent, il pourra parler librement puisque ce n'est pas à moi qu'il aura affaire. Nous partagerons une petite suite ; pour l'occasion, nous descendrons dans un hôtel plus haut de gamme. Ainsi, nous aurons chacune notre chambre mais ne serons pas seules. À Clermont, cette fois-ci, je parlerai des « *prix Nobel de littérature* ». Nous partons demain avec Jacqueline en voiture car à, deux chauffeurs, nous nous relayerons. Jacqueline déteste prendre les transports en commun. Là-dessus, je vais me coucher, qui vivra verra !

Eh bien ! Vous me croirez si vous voulez mais cette fois-ci le bel inconnu n'est pas venu ! Jacqueline était très déçue. Elle s'était bien préparée pour l'aborder et l'interroger sans en avoir l'air. Pour moi, cela m'a fait bizarre, j'ai ressenti comme un manque. Est-il malade ? Ne viendra-t-il plus du tout ? J'en viens à regretter de ne pas l'avoir abordé moi-même dès que j'ai remarqué son assiduité... Pour nous changer les idées, après la conférence, nous sommes allées manger dans un petit restaurant du centre-ville. Nous avons pris le temps de flâner dans les rues piétonnes et de visiter la cathédrale construite en pierre noire, la pierre de Volvic qui est si résistante.

Demain, nous monterons à Tournoël pour visiter le château et faire la balade à flanc de montagne jusqu'à la statue de la Vierge. Jacqueline ne connaît pas, le temps est doux et je me réjouis de lui faire partager cette promenade que j'ai faite si souvent. De toute façon, il faut que je m'occupe car sinon, le bel inconnu va me faire encore cogiter.

L'homme a ressurgi vers la fin de l'été, après trois mois d'absence. Quand je me suis installée à la table que l'on m'avait préparée et que j'ai levé les yeux, j'ai tout de suite reconnu sa silhouette dans l'assistance. Cette fois-ci, il n'était plus au fond mais s'était installé au deuxième rang. Je me suis mise à avoir le cœur qui s'emballait.

Ce n'est pas mon genre d'avoir le tract, je suis quelqu'un d'ordinaire d'assez posée et le public ne m'impressionne pas.

Mais savoir qu'il allait de nouveau m'écouter m'a mise dans un état de nervosité que j'ai eu du mal à contenir. Je me suis accrochée à mes notes, j'ai fixé certaines personnes de l'assistance en prenant grand soin de ne pas le regarder.

Alors que l'on m'installait mon micro-cravate, j'ai envoyé un SMS en forme de SOS à Jacqueline. « *Jacqueline, il est là, qu'est-ce que je fais ?* » Le vibreur a retenti une demi-heure plus tard et je me suis arrangée pour lire discrètement la réponse tout en prenant mon temps pour boire deux ou trois gorgées de l'eau que l'on me met toujours à disposition. « *Il faut absolument lui parler cette fois-ci !* » Je le savais bien mais l'encouragement de Jacqueline était le bienvenu. Je n'en menais pas large et j'ai griffonné sur une feuille : « *pourrais-je vous voir après la conférence ?* » J'ai demandé à l'organisateur de porter le mot discrètement tandis que l'on me posait quelques questions comme c'est toujours le cas à la fin de mon topo. Je ne pouvais pas prendre le risque qu'il parte rapidement et que je n'aie pas le temps d'aller vers lui. De plus, je me sentais incapable de l'apostropher devant tout le monde. Une fois ma prestation terminée, je rangeai mon ordinateur en tremblant un peu tout en parlant avec le président de l'association et différentes personnes qui nous avaient rejoints.

L'inconnu a attendu que j'aie terminé avec elles pour me rejoindre, il s'est incliné et m'a dit d'une voix très grave :

— Mes hommages Madame, comme d'habitude votre conférence a été des plus intéressantes, permettez-moi de vous en féliciter avec chaleur, je me présente : Armand Laurentin, puis-je vous inviter à dîner ce soir ?

Cette tirade m'a laissée sans voix... J'ai dû répondre en balbutiant un « *oui, pourquoi pas ?* » Le bel inconnu dont la voix grave m'émouvait tant m'a tendu alors l'adresse d'un restaurant renommé sur une petite carte.

— Je suis descendu dans un établissement où la cuisine est fameuse, je vous y attendrai à vingt heures, cela vous convient-il ?

À nouveau, j'ai balbutié plus que je n'ai répondu un « c'est entendu » et je me suis empressée de regagner mon hôtel. Il était dix-sept heures, me laissant tomber dans un fauteuil, j'ai appelé sans attendre Jacqueline et lui ai raconté la prise de contact.

— Je t'assure, je tremblais comme une feuille, il a dû me prendre pour une idiote !

— Mais non, allons ! tu parles clairement durant tes conférences, tu as beaucoup d'humour, depuis le temps qu'il t'écoute ! Alors comme cela, tu dînes avec lui ?

— Ne m'en parle pas, je n'ai rien apporté de correct à me mettre, je pensais surtout aller me promener dans la ville.

— Cela n'a aucune espèce importance, rassure-toi...

Je restai au téléphone avec Jacqueline pendant plus d'une heure et elle réussit le tour de force de me redonner un peu confiance en moi : après tout, c'était bien lui qui me suivait, je n'étais pas allée le chercher et j'avais donc l'avantage. Je pris ensuite un bon bain en écoutant de la musique relaxante et j'essayai de me détendre. Donner une conférence me fatiguait et, en général, je me contentais de dîner légèrement dans ma chambre et adorais rester en peignoir toute la soirée à zapper d'une chaîne à une autre à la télévision, ce que je ne faisais pas du tout chez moi habituellement. Je m'endormais ensuite tôt. Mais pour cette fois, je me coiffai avec beaucoup de soins et mis un léger maquillage ; mon parfum était discret, je le savais mais son odeur printanière m'enveloppait avec douceur.

J'étais prête une demi-heure avant le rendez-vous, je décidai de m'y rendre à pied, ce n'était qu'à quelques centaines de mètres et la marche calmerait les battements de mon cœur. Ma raison ne faisait pas du tout confiance à ces émotions stupides qui m'assaillaient. À mon âge, je me sentais un peu ridicule et, de plus, je me méfiais de cet homme dont le comportement n'était peut-être pas du tout honnête. De nos jours, on voit tellement de choses... On ne sait jamais à qui l'on peut avoir affaire ! Comme je regrettais que Jacqueline ne soit pas avec moi... Sa présence m'aurait rassurée et surtout elle m'aurait donné son avis, elle qui a un jugement très sûr.

Au lieu de cela, je devais affronter seule ce dîner et, de plus, en tremblant comme une midinette. Je m'arrêtai dans une encoignure de porte et j'appelai

Jacqueline, je n'étais soudain plus très sûre de vouloir aller à ce dîner : trop difficile pour moi à gérer toute seule. Jacqueline sut trouver les mots pour me rassurer ; je ne prenais aucun risque à aller dîner dans cet hôtel très fréquenté et j'écouterais enfin ce que ce monsieur voudrait bien me dire... Jacqueline m'assura que, moi aussi, j'avais du bon sens et que je devrais faire confiance à mon intuition tout en restant assez discrète sur moi-même et en cherchant surtout à faire parler mon interlocuteur, ainsi je ne risquais rien si d'aventure ce monsieur était malintentionné et je le sentirais de toute façon.

« Allez fonce ! Tu me raconteras ! » avait-elle conclu. Reprenant contenance, je poursuivis mon chemin.

— Chère Madame, je suis absolument charmé de passer cette soirée en votre compagnie. J'ai demandé au serveur de nous placer près de la cheminée, cela vous convient-il ? demanda-t-il en s'inclinant légèrement devant moi comme il l'avait fait lorsqu'il m'avait parlé pour la première fois.

Cette manière d'être, un peu désuète, me faisait dire qu'il avait reçu une éducation soignée. Si le baisemain avait toujours été en vigueur, je crois bien que j'y aurais eu droit. Ah ! Cette voix profonde, presque rocailleuse, je n'en avais jamais entendu de semblable. On eût dit qu'il parlait du fond d'une caverne.

— Parfaitement, merci pour cette attention, répondis-je d'un air assez raide.

— J'avais cru comprendre que vous appréciiez bien la chaleur en voyant souvent un petit radiateur d'appoint à vos pieds dans les salles un peu fraîches...

Tout en songeant qu'il était très observateur, je ne relevai pas la remarque, je n'avais pas envie de me dévoiler même pour des choses insignifiantes comme mes préférences en matière de température. Avec Jacqueline, il était convenu que je prendrais les rênes de la conversation, que je mènerais l'entretien mais j'eus beaucoup de mal à le faire : une fois installée, en plongeant mes yeux dans son regard de braise, je me sentis défaillir. Je pris malgré tout mon courage à deux mains, décidée que j'étais à garder le contrôle de cette relation qui avait commencé de manière si étrange.

Je pris le parti de le regarder en fixant le milieu de son front comme on pouvait le recommander aux personnes timides qui avaient du mal à soutenir le regard des autres.

— Monsieur Laurentin, j'ai beaucoup d'interrogations à votre sujet : je vous ai vu à plusieurs de mes conférences et vous êtes même venu alors que le sujet était le même ! Vous vous êtes déplacé à chaque fois dans la ville où j'intervenais, je ne vous cache pas que je suis un peu ennuyée par votre attitude, que cache-t-elle ?

Voilà, c'était dit, surtout ne

pas ajouter que je le trouvais beau comme un dieu, que mon cœur battait si vite mais lui faire comprendre que je n'appréciais pas son attitude de groupie, on allait bien voir ce qu'il allait me répondre.

— Chère Madame... Je vous dois effectivement des excuses et des explications... Lorsque je vous ai entendue pour la première fois à la conférence que vous avez donnée à Lyon sur « *les livres de A.J.Cronin* », j'ai été complètement séduit par votre voix, par votre manière de vous exprimer... Comme un fan de groupe de musique, je suis devenu « fan » de vous, n'ayant de cesse de vous retrouver dans vos conférences et cela peu importe le sujet. J'ai la chance d'avoir un train de vie qui ne m'interdit aucune escapade et je me suis donc laissé entraîner à vous suivre dans vos conférences. J'aurais voulu que vous ne me remarquiez pas... Que je puisse simplement vous entendre et vous regarder sans vous troubler.

— Mais évidemment, cela est devenu bien vite impossible. J'ai tenté alors de me sevrer de vous, en décidant de ne plus vous suivre... Malheureusement, je n'ai pu tenir bien longtemps et c'est pour cela que je suis de nouveau présent. Je savais bien que vous alliez un jour me demander des explications... Ce jour est arrivé...

La voix grave de mon interlocuteur s'arrêta soudain, il semblait chercher ses mots. Bien que très troublée, j'en profitai pour glisser :

— Mais, Monsieur Laurentin, comment pensez-vous que je doive le prendre ? Je vous avoue que cette manière d'être suivie n'est pas très agréable, vous auriez pu venir me parler, me dire que vous aimiez mes conférences et me demander si cela ne me dérangeait pas que vous y assistiez régulièrement...

Le serveur nous interrompit en prenant nos commandes et je saisis l'instant pour me reprendre, surtout ne pas se laisser aller au charme de mon interlocuteur, rester distante et ne rien laisser paraître... Je commandai un poisson et un potage sans prêter beaucoup d'attention à la carte, je n'avais pas vraiment d'appétit ce soir.

— Vous comprenez que votre manière de me suivre ainsi me gêne... n'est-ce pas ?

— Oh ! chère Madame, si je pouvais seulement réparer de quelque manière que ce soit mon attitude, cette manière adolescente de faire alors que j'ai presque soixante-dix ans ! Je le ferais sur-le-champ...

— Bon, écoutez, Monsieur Laurentin, n'en parlons plus pour l'instant, pouvez-vous m'en dire davantage sur vous, sur votre vie ? Vous me connaissez beaucoup plus que je ne vous connais, j'attends donc que vous m'en disiez plus sur vous, articulai-je en forçant un peu le ton, Jacqueline serait fière de moi, me dis-je intérieurement pour me donner du courage, je ne dois rien laisser paraître...

— Madame, je vais vous dire tout ce que vous voulez savoir...

N'hésitez pas à me poser des questions. Je suis veuf depuis dix ans et j'ai trois enfants qui ont eux-mêmes chacun des enfants, en tout, j'ai sept petits-enfants. J'ai été commandant dans la Marine, commandant de sous-marin, j'ai servi mon pays dans des missions bien délicates, j'ai dirigé des hommes, mais malheureusement, je n'ai pas vu grandir mes enfants et ceux-ci m'en ont tenu rigueur. Je suis quelqu'un de très seul depuis la mort de mon épouse, j'ai été maladroit, j'ai été un peu dur avec mes enfants, je ne leur ai jamais exprimé mes sentiments, j'étais militaire et j'avais tendance à traiter mes enfants comme dans la Marine... Je ne peux m'en prendre qu'à moi-même, mon épouse a été admirable, elle a essayé de pallier ma froideur, a été là pour eux. Maintenant qu'elle est partie, je n'ai pratiquement plus de contacts avec mes enfants et je suis trop fier pour leur demander pardon... Alors je m'occupe, je vais à des clubs, des cercles, des conférences... Je vois bien la vanité de ma vie et quand je fais le bilan, il n'est pas fameux...

Pendant tout le dîner, je fis en sorte de le faire parler de lui sans lui laisser le temps de s'intéresser à moi, de m'interroger... Était-il sincère dans ses propos ? Il y avait tout lieu de le croire, il avait une attitude que je jugeais assez touchante et dans ses yeux que j'arrivais maintenant à soutenir, je découvrais qu'il ne jouait pas la comédie. Ou sinon, il devait vraiment être un sociétaire de la Comédie Française... Son histoire était émouvante et je mesurais en l'entendant combien, nous les femmes, nous sommes beaucoup plus armées, bien souvent, pour faire face à la solitude. Et puis, ce fichu orgueil de certains hommes qui ne se donnent pas le droit d'exprimer ce qu'ils ressentent ou de demander pardon... Le fait de comprendre petit à petit qui il était me le rendait beaucoup moins intimidant, mais son charme opérait toujours, malgré tout...

Alors que nous entamions un dessert exquis, je me mis à réfléchir rapidement : quelle suite donner à cette rencontre ? Que faire ? Je prétextai le besoin de me rafraîchir et je me réfugiai dans les toilettes de l'établissement : il s'y trouvait un petit salon où l'on pouvait s'asseoir dans quelques fauteuils. Je téléphonai alors à Jacqueline et lui résumai en peu de mots ce que je venais d'apprendre.

— Que penses-tu que je doive faire, Jacqueline ? Il va très certainement demander à me revoir...

— Le mieux est que tu gardes la main, tu peux simplement lui demander son numéro de téléphone et son adresse et lui dire que tu souhaites qu'il ne vienne plus à tes conférences. Tu lui dis que tu le recontacteras et surtout tu ne lui donnes pas ton numéro à toi. Tu verras ensuite ce que tu auras envie de faire.

Le conseil de mon amie était tout à fait raisonnable, je la remerciai et filai finir ma charlotte menthe/poire sur coulis de fruits rouges. Lorsque nous eûmes fini de dîner, je fis ce que Jacqueline m'avait recommandé.

— Voici ma carte, bien sûr, je souhaitais vous la donner, j'habite un charmant petit hôtel particulier au centre de Nantes, j'attendrai votre appel... Ne tardez pas trop s'il vous plaît, ajouta-t-il avec un sourire triste qui me toucha beaucoup.

Puis, Monsieur Laurentin tint à me raccompagner jusqu'à mon

hôtel et en s'inclinant devant moi, il prit avec délicatesse ma main et il y déposa un baiser presque fougueux. Déstabilisée par les émotions qui me submergeaient de nouveau, je le quittai rapidement, j'avais besoin de réfléchir...

***

C'était il y a bientôt cinq ans... J'ai rejoint l'hôtel particulier de Nantes de mon commandant de Marine depuis quatre ans. Nous vivons un bonheur immense en unissant nos deux solitudes et j'ai maintenant la chance de voyager avec Armand. Du coup, j'ai abandonné mes conférences et édité celles-ci sous forme de livres. Je n'ai plus besoin de prétexte pour faire du tourisme puisque je ne suis plus seule. J'ai eu la joie de contribuer au rapprochement de mon cher Armand avec ses enfants et petits-enfants il y a de cela plus de deux ans. Je l'ai décidé petit à petit à écrire une lettre à ces derniers en leur disant tout simplement ce qu'il avait sur le cœur et combien il regrettait son attitude passée. L'aînée est revenue la première puis les deux autres ont suivi. J'ai mis toutes mes capacités relationnelles pour que tout se passe bien, nous nous sommes rencontrés et puis les petits-enfants ont vite apprivoisé leur grand-père et cela a mis tout le monde à l'aise. Quant à mon Stanislas, il est ravi de voir sa maman heureuse et s'est lié d'amitié avec le benjamin de la fratrie. Que la vie est donc belle dans la douceur de nos vieux jours...

Vous avez aimé ce roman ? Vous aimerez...